U0074593

謬愛

冰夕
詩集

【總序】
台灣詩學吹鼓吹詩人叢書出版緣起

蘇紹連

「台灣詩學季刊雜誌社」創辦於一九九二年十二月六日，這是台灣詩壇上一個歷史性的日子，這個日子開啟了台灣詩學時代的來臨。《台灣詩學季刊》在前後任社長向明和李瑞騰的帶領下，經歷了兩位主編白靈、蕭蕭，至二〇〇二年改版為《台灣詩學學刊》，由鄭慧如主編，以學術論文為主，附刊詩作。二〇〇三年六月十一日設立「吹鼓吹詩論壇」網站，從此，一個大型的詩論壇終於在台灣誕生了。二〇〇五年九月增加《台灣詩學‧吹鼓吹詩論壇》刊物，由蘇紹連主編。《台灣詩學》以雙刊物形態創詩壇之舉，同時出版學術面的評論詩學，及以詩創作為主的刊物。

「吹鼓吹詩論壇」網站定位為新世代新勢力的網路詩社群，並以「詩腸鼓吹，吹響詩號，鼓動詩潮」十二字為論壇主旨，典出自於唐朝‧馮贄《雲仙雜記‧二、俗耳針砭，詩腸鼓吹》：「戴顒春日攜雙柑斗酒，人問何之，曰：『往聽黃鸝聲，此俗耳針砭，詩腸鼓吹，汝知之乎？』」因黃鸝之聲悅耳

動聽，可以發人清思，激發詩興，詩興的激發必須砭去俗思，代以雅興。論壇的名稱「吹鼓吹」三字響亮，而且論壇主旨旗幟鮮明，立即驚動了網路詩界。

「吹鼓吹詩論壇」網站在台灣網路執詩界牛耳是不爭的事實，詩的創作者或讀者們競相加入論壇為會員，除於論壇發表詩作、賞評回覆外，更有擔任版主者參與論壇版務的工作，一起推動論壇的輪子，繼續邁向更為寬廣的網路詩創作及交流場域。在這之中，有許多潛質優異的詩人逐漸浮現出來，他們的詩作散發耀眼的光芒，深受詩壇前輩們的矚目，諸如鯨向海、楊佳嫻、林德俊、陳思嫻、李長青、羅浩原、然靈、阿米、陳牧宏、羅毓嘉、林禹瑄……等人，都曾是「吹鼓吹詩論壇」的版主，他們現今已是能獨當一面的新世代頂尖詩人。

「吹鼓吹詩論壇」網站除了提供像是詩壇的「星光大道」或「超級偶像」發表平台，讓許多新人展現詩藝外，還把優秀詩作集結為「年度論壇詩選」於平面媒體刊登，以此留下珍貴的網路詩歷史資料。二〇〇九年起，更進一步訂立「台灣詩學吹鼓吹詩人叢書」方案，鼓勵在「吹鼓吹詩論壇」創作優異的詩人，出版其個人詩集，期與「台灣詩學」的宗旨「挖深織廣，詩寫台灣經驗；剖情析采，論說現代詩學」站在同一高度，留下創作的成果。此一方案幸得「秀威資訊科技有限公司」應允，而得以實現。今後，「台灣詩學季刊雜誌社」將戮力於此項方案的進行，每半年甄選一至三位台灣最優秀的新世

代詩人出版詩集，以細水長流的方式，三年、五年，甚至十年之後，這套「詩人叢書」累計無數本詩集，將是台灣詩壇在二十一世紀中一套堅強而整齊的詩人叢書，也將見證台灣詩史上這段期間新世代詩人的成長及詩風的建立。

　　若此，我們的詩壇必然能夠再創現代詩的盛唐時代！讓我們殷切期待吧。

二〇一四年一月修訂

【推薦序一】
窒愛：從童年束縛衣綻放的冷焰

張啟疆[1]

從浴缸起身　撞見鏡中蒸發人形

才發現童年是場擦洗不淨的霧

濕了畢生

花掉的新娘妝

（〈童殤〉）

老靈魂走過灰燼

……

從一灘血紅色歷史現場

---

[1] 1961年出生，台灣大學商學系畢業。1981年開始創作，觸角遍及小說、散文、新詩、評論領域。題材以眷村、都會、商戰見長，兼及推理、棒球、武俠、科幻等類型文學。曾任中國青年寫作協會副理事長、副刊主編、報社記者。現為專業作家，並開設文學教室。曾獲聯合報、中國時報等文學獎首獎近三十項。著有《導盲者》、《消失的□□》、《變心》、《愛情張老師的祕密日記》、《不完全比賽》、《26》等小說、散文、評論集共二十餘部。

愛

抱我逃出火海

（〈謬愛〉）

「火海／灰燼」並臨，「歷史／現場」紛呈，像分割畫面，也似套疊鏡頭，爆出琺瑯花園般的淒麗幻美：一齣關於「紅顏薄命」的過去完成進行式。

憐古傷今？思古嘆今？追昔撫今？出塞曲的故事、長生殿的故事、衝冠一怒的故事、墜樓人的故事……詩人當然毋須點明故事、分說原委，詩也從來不必交待敘事；但不論那齣悲歡、何曲抑揚，映照著「血紅色現場」的痛點：幽微一念，以志明愛，化為漩渦心事，纏捲詩句。

魂靈已老，燼（淨？）化成灰，依舊悸痛，猶感熱灼。紅艷艷的「一灘」，是凝固的流動？滴淌的塊壘？詩人以熱眼回眸冷墟：那裡燃著，埋著，飛著，落著，黏著，化著名為「女性命運」的集體潛意識。終究央著「抱我逃出火海」，是節節疏離的融入？無限逼近的淡遠？

至於那場童年大霧，是糾葛，是迷惑，是不堪聞問不能潛抑的灰色過往，籠罩一生，成為比潛意識更幽邃的深憶。

成為，無從掙脫，人稱「新嫁裳」的束縛衣。

新娘妝為何花掉？痛苦回顧？彷徨前瞻？心猶懸，花會掉，花掉的青春化作春泥，冒現詩芽，敷寫青澀或情深？

但可以肯定，不是喜極而泣。

* * *

而我還在揣想：

詩，可不可以夾帶小說情節？暗藏小我糾結？歷史情結？

讀詩尋意象，也可以是，看圖說故事？

而故事每在顧視之中。

斯人故事，如何幽轉妙化，詩人顧視？

* * *

書名「謬愛」，是虛無肯定詞：將愛戀寄託幻境的虛無，於無有萌誕愛意的堅定──否則不會有「愛／抱我逃出火海」的絕望期待。而在愛的熱帶區，「生命樂章揭開你我仍熱愛／翱翔曙色」，那焰火流線的輝澤，一逕閃著冷冷的極光。

也是矛盾修辭句：「謬」當動詞用，那「愛」的情節可就起伏跌宕、變化萬千了。若是副動結構──副詞謬修飾動詞愛，荒謬地愛著，乖謬地求愛，生命謬思源於愛……我們將在陰鬱詞彙、慟傷情懷的翻覆晃搖中，驚見「以愛命名的雙面刃」、詩體內的初心。

* * *

我的心是一所公寓房子──張愛玲為「紅玫瑰」砌造的

香閨。

女人寫小說，要有經濟能力和自己的房間——維吉尼亞·吳爾芙在一百年前的宣言。

女詩人冰夕呢？遙望雪樓，絮語紛飛；春風畏寒不至，冬雨拒敲窗。踅進字小巷、詞花園，頓感溽熱酷冷：冰宮裡赫見火場——

解構時間。拋錨的老零件，喉管失火（〈醒時咽喉炎〉）

皺成　梅雨一樣濕透／強忍淚的地圖（〈颱風天的你我〉）

濃郁再分不清男女或老少／遺留一窗窗／火葬場（〈滄海〉）

一屋子中年冷冬……和半瓶燒刀子談起逃亡（〈牠穴居的深藍處方箋〉）

無數下一秒，沸騰惡意的諧劇／圍堵火場訕笑（〈安娜 II〉）

拒斥冰火／卻揉合夢寐中女人香（〈目盲的碎片或琉璃光〉）

你說不介入怕疫情蔓延更怕冰雕融化後的火山（〈紅〉）

外冷內熱？冰沸同極？照亮冰磚的火光，是女牆圍堵的自我焚化爐。而「冰山」竟可消解為「冰雕融化後的火山」。

如果那棟小屋棲著詩人、女人甚至詩心的地縛靈，那將不只是詩「序」：「沿著雨滴的回聲愛從詩中走來永無結尾的鬼故事」，也住滿「吸進肺葉的煙幕彈」（對照「濕了畢生」的霧）、削毀的自尊（對峙「滾沸的面容」）、油漆未乾的孤獨（對比「蛛網抽長的魚尾紋」）、水窪倒影（對映「晴空郵戳」）、裹起秋日的裝飾音（對唱「繁殖病毒的賦別曲」）、欲言又止的飢渴唇語（對幹「交互暴跳窗景的槍響」）、「水母漂的天花板」（對流「長滿水草的窗戶」）、「空蕩記憶的碎酒瓶」（對襯「衣不蔽體的童年之痂」）、鏡中的「蒸發人形」……

「人形」的意象，或者說實相，對出詩人的日常光景：

在〈回看。她埋頭燈下的拼貼〉中，詩人告訴我們「菸盒右前方　是砥礪消沉字眼的短箋」、「5點鐘方向滾出幾粒胃藥」，在〈霾雨＃別戀〉、〈○○晨鳥箋〉裡，則有「淒冷的你的煙圈吐出　我」、「夢已搬空／咳聲我帶走」之類詩句。很顯然，「菸盒」、「胃藥」、「咳聲」非關象徵道具，而是生活零件——拼出一幅介於耽迷、病態的現實圖景。「無法停止自焚的煙／嗆傷肺葉」則是身心靈瀕臨野火「燎」原的狀態。

到了「輯四：鱷眼‧短劇」，詩人的身姿音容更為浮凸：

「鱷眼」一詞可在「唯眼瞳似放映機／隨灰燼飄來一曲無法謝幕火光中的妳，竄出蛇影」（〈如何修復破碎的心〉）找到些微跡證——眼神與姿態，一種冷看紅塵的愕然與「餓燃」。「在柴可夫斯基不停咳嗽的弦上／拉筋憂悒」（〈火球〉），顯示音樂喜好、身體狀況；「終年配咖啡不加糖的口感」（〈往後，還能拍出多少晴空〉）表明品味和習性。「長捲髮還是一樣躁鬱／一個不小心／詛咒漏電」（〈吹風機〉）透露髮型和性情。

　　還有若干似虛非實的詩體配件，或者說，室內佈置，揭露了「藉詩還魂」的真實痛苦：籠中鳥的聲音、乾燥花、殮詩房，裹屍布、灼傷毛孔、無法取回燃燒灰燼中的藍焰……

　　「再沒有人僥倖打開門。抵住洪流」（〈炙燒後‧琉璃水燈節〉）的疑似空間幽閉恐懼，迫使詩人不斷安排「逃亡路線」：「恰恰流經自畫像的昨天」（〈孤〉）、「奮力踩疼／妳因徒菌體此身的油門」（〈醒時咽喉炎〉）、「奔往驛站人潮的唯一曙光」（〈無標記日誌〉）、「夢寐中女人香／泅泳魚尾紋裡！流亡」、「節奏即皮鼓！搥擊日常／逃不開的血色」（〈鎮魂曲‧與病變共舞〉），而以一再出現的「逃生梯（門）」意象「順勢承接了淚光」（〈安娜II〉）。

　　另一方面，作者似乎也對「焦味」有所癖好：「被空氣疼愛的焦味」（〈牠穴居的深藍處方箋〉）、「寫實的焦味」（〈縮時攝影〉）、「不再自燃的焦味」（〈往後，還能拍出

多少晴空？〉）、「火柴撞出空氣槍腫脹焦味」（〈華夜牠文謅謅的況寂〉）、「有時不過是燒焦一件件往事鍋爐中的／臉」（〈沸騰甕中〉）……那是浴火的壯烈？自焚的痛灼？燃燒的意志？廢墟的色澤？焦慮的體味？焦糖拿鐵的風味？

暴烈透冷的文字。漫流竄焱的心跡。何事如斯？斯人何故？

再好奇的讀者也毋須打探詩人私隱，但有心人逆溯作者到了源頭，會驚見兩道斷句平行線，詩人「訣別愛戀」的夢蛹：

再深點就抵達子宮了
裡面懷有祝英台的蛹

（〈訣愛·掘〉）

你想到什麼？冷冰冰的性愛速寫？血淋淋的自我剖解？等等，暫且放下遐思，「祝英台」的由來，不只是從性別壓抑、時代滄桑、父權陰影裡爬蠕而出的「奇數」，讀者你得尾隨詩靈她，逡遊那方溢滿藥味、點滴、「童年殘肢」的娃娃屋。

*　　　*　　　*

童年，是在哪一年？

埋下九歲童貞。當她們把玩妳自由野馬似鑰匙圈
以為是萬能鎖

開啟民主搖籃曲的家門、開啟梳妝檯展示雀羽的歌聲

藥味從天真嬰孩的軀體滲入

水銀一開始就同化了肝膽

（〈聞嗅冷棺的飢餓〉）

「冷棺」應指至親離世，而且是遙遠往事；再從詩末「妝
前葬儀師，她問……」與〈數字〉裡的「親情。是日夜不停整
除搖籃曲／搖落嗩吶山路上」、〈清單〉中「我不屬牛。但瘦
弱母親是／踏實耕種愛」，不難推斷詩人的童年：母親早逝，
幼獨無依。

九數料非虛詞，而是事發時的詩人年齡，「早熟卻貧血親
情的內碼」，「一把美工刀」割斷的童年邊界、陰影和「剛烈
輪廓」，猶哼唱反諷的童謠「我的家庭……真可愛」（〈浙、
瀝、水、鏡〉）。

九也是「奇數」：形單影隻，怪僻險奇；「帶來黯殤、孤
獨」。

偶數呢？或者說，成雙的渴望，詩人怎麼想？「誰先複製
疏離／原來只是個體，後來成為逆向的偶數」（〈鳥瞰欲望國
度〉）。

更是極數：中國人的「九五至尊」、「十室九空」、「一
日九遷」都是將事件、程度、頻率誇大化。對詩人而言，或為

悲悒慟傷的極致化、怪誕化：「所有密碼只重複一個數字／從何開始妳忘了」（〈灰階口〉），「生：無法回饋愛／除了碑文」，卻又「痛得吐不出 隻字」（〈札記〉）。

怪誕。詩人的筆鋒路數或許尚未走到極致，那枚怪僻奇險的「誕」已然成形。

怪生謬愛，誕育情思。

*　　　　*　　　　*

冰夕詩作，全是情詩？

「喚名：危愛的天書」？

循跡辨「症」，沿絡把脈，墨漬的淚包覆且滲入，那煎不透、炙不熟卻「空了骨」的情屍。

瞧——

懺情詩：「活像日日清醒／從地獄竄逃人肉販子的奴役」（〈蛭愛〉）

讖情詩：「就要斷了，氣……比顯微鏡／更具體傳出疫情」（〈蛭愛〉）

纖情詩：「紙片穿上妳單薄身軀／裹滿墨漬的淚／有星辰晾乾」（〈後來〉）

還有，殲情詩：「握緊手術刀哀傷的反光／接受與否／都得狠心完成刺往瞳孔」（〈訣愛‧跋〉）

還好，詩人殲情，不必殲詩。若要求神拜佛，卜問未知，

詩人送我們一記籤情詩：「被時間的佛袖一捲／什麼人形、誓約全空了骨」（〈遇，蘭若寺‧詩妖〉）。

絕決的姿態？覺訣的領悟？如果說傳誦情詩的正面能量在於追求至愛，冰夕版的「蛭愛」──不論生活或創作──走到極端，即便有偷心賊「致意法式蛇吻」，終究淪為「蠱之誘餌」。

炙烈之心？窒息之愛？果真空礙……仔細看！至極上方，是流光、濃情和時間皆勘不破的黑洞。

也算是一種覺愛？哈！絕愛或訣愛前，先嚐嚐嚼愛的滋味──喔！拳腳放輕，爐火轉小，我們需要溫柔的「春日小令」：

　　親愛的我到過那些地方
　　熱情海的圍抱、魚輕啄
　　腳踝呵癢著笑

　　賞味花期遠遠墜落　後照鏡
　　光掠過整排濕透向晚的路肩
　　（〈將軍令在雨中〉）

　　輕柔變焦、焦慮化柔也行：

動作是3D非常刻意

柔焦過

刻意壓低怒火肢體

　　　　　　　　　　　（〈滄海〉）

　　畢竟，和男性作家動輒抗爭、灑血、超古越今，追求不朽的「雄圖」相比，女性詩人的「陰魂」顯得輕盈、淡柔、縷縷不散，而，胭脂扣心。

　　詩人說：「若泥中沒你／揮別雙簧」（〈紅〉）。早在第一本詩集《抖音石》裡，詩人呢喃道出：「最曼妙火花的元素融化舌尖／未敢吐露愛的腹語」（〈香甜酒〉）；而今呢，「最曼妙的吻是一首首詩伴裝」（〈後來〉）洋裝哪！穿上花衣裳，招蜂引蝶等閒事，「流進漩渦、簡化日常」──一種極簡生活觀。踩著刪節號小碎步──「末日地圖上流浪的行腳」（〈想像收起雨傘的我們〉），聆聽天真的鳥，「繼續唱／陌生人的故事」（〈藍窗〉）。

　　陌生的人。陌路相逢的你我。縱橫阡陌的詩行。隔著斷句，詩人揮舞的手勢，流淌且淅瀝著，婉約輕洄繞指柔：

從鏡中刮去

被愛撫過的下巴如

落葉的鬍渣

（〈藍窗〉）

　斯人何詩？故人何故？「苦頭」、「餘生」、「凋萎」是故事；「泛黃花瓣」、「墨色星芒」、「想像風帆」也是顧視。詩人說：不知羞怯窩藏。真要分說故事，請沿著「拆信刀」的反光、咳聲、煙圈、「風不語的十字路口」、燃引的信香、「水舌與淚腺的臨界點」，抵達詩人寄情的繆思之愛、「同心圓的起點」：

故事轉過身
來
牡丹花瓣瓣萌放眼瞳

當年的細雪
燒酒、小碎花步與歌謠
已是博物館
春天的票口

（〈謬愛〉）

2015年3月21日於延壽街

【推薦序二】
女性詩歌的嶄新品種降臨

丁威仁[2]

　　從網路詩崛起的時代迄今，與冰夕認識應該超過十五年了，竟只見過一次面，隱約記得是一次談論女性詩作的詩人聚會，當時我還是名研究生，卻已經是現在這種恃才傲物、大放厥詞的模樣。不過即便是我這種沒把天下人放在眼裡的性格，也隱約覺得冰夕的詩作與其他女詩人相當不同。一方面是因為她並不流俗，在那個後現代與女性主義當道的年代，她的作品卻鮮少有著這些主義的色彩。二來是因為她有一種古典搭配現代感的造語與節奏。就連平日信件往返，都有這樣的味道。請容我摘引冰夕論析我的〈死國〉詩作時的一段話：

---

[2]　（1974-），現任國立新竹教育大學中文系副教授，曾獲全國優秀青年詩人獎、聯合報文學獎、教育部文藝創作獎等數十獎項。已出版詩集《末日新世紀》、《新特洛伊。NEW TROY。行星史誌》、《實驗的日常》、《流光季節》、《小詩一百首》。論著《戰後台灣現代詩的演變與特質（1949-2010）》、《三曹時代北地文士「惜時生命觀」研究》《明洪武、建文時期地域詩學研究》、《輕鬆讀文學史‧現代篇》等書。

彷如戰後的敗日本，是如斯不計代價的混血求生存的繁衍下一代的求存；且不齒彎腰，戰前帝國身段的深入各國載回求新求變的根本之道的精攻農業產物、教育升等教化、經濟貿易的再度焠煉與發揚，後來居上的引領亞洲人於前。

　　讀者需要注意的並不是這段話說了什麼，而是這段話的語句結構，是一種破壞語法的拼貼，有著文言與白話語法的混搭，同時將古典詞彙與現代語彙揉和在一個句子中，產生了一種難以言喻的特殊效果，也同時使得讀者在閱讀時，必須越過她所設下的各種障礙，才能發現語言背後蘊含的深刻意涵。假設這樣的書寫方式，以現代詩這個文類呈現時，就會產生只屬於冰夕自己的風格。

　　不單單是評論，她的現代詩亦充滿這樣的形式。以反傳統美學的拼貼技巧，將二元對立的語法、意象甚至於概念並置於詩句之中，帶來了許多創造性的用語，有時橫跨東方與西方，也將古典詞語與許多現代的語彙剪接成一個意象句，譬若「祝英台的蛹」、「染紅人世欲言又止的七夕」、「轉動內心柔軟念珠」、「多像莎樂美」，到「每逢情詩告白，必遭好人卡。掀出衰神底牌」等等幾乎存在於所有詩篇中，不勝枚舉，在在都顯示出冰夕操控背反性意象的熟捻，無論是超商、童謠，或是化用典故的祝英台、七夕，在冰夕筆下都融為一體，深刻地

表現出她獨特的詩風。

第二，冰夕的情詩常用許多「冷調性」的意象組成，並刻意把意象與意象間的連結性再加以斷裂，譬如此句：「人潮速食條碼撞見神似／捷運車窗外的枯葉蝶　分兩半」便是把人潮、速食、條碼、捷運、枯葉蝶這幾個意象刻意安排在一起，彼此之間似乎有著聯繫（人潮與捷運、速食與條碼），但作者卻不將這些聯繫用詞語彌補起來，而是任其放空留白，保留讀者對這首詩最大的想像空間。她尤其熟稔於具象與抽象語詞的運用，像前述的「撞見神似」，以動詞的「撞見」連接較為抽象的「神似」，再以「神似」作為下一句的轉接詞，再跳躍到分成兩半的枯葉蝶，但卻又以破壞語法的方式，把「分兩半」放在枯葉蝶之後，乍讀一定會覺得韻律節奏的部分有種卡卡的不順感，但反覆朗誦之後，其實會發現這種斷裂反而產生了一種閱讀的空白，讓讀者自行填補畫面與想像。

第三，跳接的隱喻與內縮，冰夕經常使用較為斷裂的句式，尤其在輯一中較常出現，譬如「燐燐夜蛾的黑紗面／多像莎樂美／蜥蜴似淚眼…崩散鬼斧前」，此處的夜蛾被比喻成聖經與西方戲劇中經常出現的女子形象莎樂美，下句又以蜥蜴的冷血與無情象徵這段感情中雙方最終走向的冷淡結局。但此處作者也未明白將莎樂美、蜥蜴、鬼斧等意象的關連交代出來，任憑讀者自行發掘莎樂美背後所寓含的文化象徵和悲劇性質。其實輯一中的詩作大多與情愛有關，冰夕不似一般詩人會以文

字明白顯露自己對愛情的各種想像與情緒，或是以詩深情告白，她藉由斷裂的句式，讓自己的情感隱藏得極深，在重重的隱喻之中，要讀者像剝洋蔥一樣，自行挖掘出內縮的情感核心，然後再給讀者一個深刻且震撼的痛楚或淒清。就像她筆下「握緊手術刀哀傷的反光／接受與否／都得狠心完成刺往瞳孔！絕無差池」，詩作中每個令人感受到無比淒冷的意象，就像此處的手術刀，都會對自己刻下道道傷痕，難以抹滅。

第四，冰夕在詩中經常以超現實的手法剪輯出令人驚異的畫面，譬如〈魑魅〉：「說時遲，那時快……扶住父親的手融成蛆／連帶女人的尖叫聲、臉、內臟／來不及抽身的雙腳／全攤落潔白地磚上……整團蛆。」這樣的意象營造，讓人驚駭莫名，這種超現實的想像在聽覺、視覺與觸覺的感官交融後，讓人腦中出現揮之不去的畫面：一位在往日回憶與今日事物之間迷失的女子形象。而相當具備現代感的詩作卻取名古典意象的〈魑魅〉二字，這樣的弔詭也讓讀者多了一層深度的解讀可能。

在輯二裡，冰夕仍保留了她詭譎精準的意象處理，連結時卻不同於輯一的晦澀，變得較為明朗，譬如「從浴缸起身撞見鏡中蒸發人形／才發現童年是場擦洗不淨的霧／濕了畢生」，題目與內容都直指人在中年回首時對童年的感懷。輯三、輯四也有相同現象，〈如何修復破碎的心〉：「回看昨天的屍體／還在。妳用手指戳戳／祂們完全靜止」，作者以屍

體譬喻那些在昨日的憂傷裡遭受毀損的心靈，並用一個略帶詼諧的動作「用手指戳戳」對比「完全靜止」的極其痛苦的反應。到了輯四「鱷眼・短劇」中每首短詩都有所指涉，無論是〈Soul〉裡對生命存在價值的思索；〈曠寂〉對獨處室中感受所到的孤寂細緻描寫，都象徵了無數種存在的課題。一首首短詩切換上演的動作就好比一幕幕短劇的排演，或長或短的文字裡都裝載了冰夕對世間一切事物的冷眼旁觀，同時呼應作者所下的輯名「鱷眼」，也將前三輯電影畫面的剪接，變成了劇場鏡框式的語言展演，在偏於靜態的流動中帶有更多哲學反思的力量。

我曾經在另一位女詩人薛莉的詩集序言中提到，台灣當代女詩人的書寫有幾種特色：（一）女性主義詩作的書寫，（二）夏宇式的後現代拼貼風，（三）席慕蓉式的濫情與直白，（四）回歸早期女性詩人抒情詩風，（五）古典意境的中國風，以及（六）現實主義的女性關懷與批判。而冰夕的詩作，卻呈現了一種創造性的複合型詩風，一方面有意識的拼貼、並置各種二律背反的語詞或意象，卻沒有夏宇式的隨機與夢囈；另一方面詩裡的古典與現代感交錯，卻不會沈溺在塑造中國風的傳統意境，反而具備高度的現代思維。若從情詩觀察，冰夕的寫法並不純然屬於早期女詩人的抒情詩風，也不屬於席慕蓉式的粗製濫情，反而以更加精緻的語言，表達她的詩意。就像是俄羅斯娃娃一般，我們必須有耐心地剝開繁複凝練

的每一層，才能發覺最終的情感指涉。冰夕詩作的確帶來台灣現代詩女性書寫上的特異風格，《謬愛》可以說是女性詩歌的嶄新品種。

【推薦語】
神喻的對詩的祝福的神祕發生

顏忠賢[3]

　　冰夕的詩。一如最入戲最高亢最狼藉最炫目最神祕的詩。作為一種預言厄運的籤文。那麼費力地用心良苦。費解地解釋地無法理解又無法忍受。一如詩對某種命運多舛。末代對現代。過去對未來。對厄運種種的無力又用力的抵抗。多年來始終依舊用心解釋更多神祕。輓歌最後關頭回聲。夕陽一抹西下餘暉末端。渾天斑斕失序極光。令人感動的觀音古寺受菩薩戒的發願才能得到的菩薩保佑地那麼動人那麼壯烈那麼專注那麼華麗那麼冒險那麼嚴重那麼沈浸。冰夕的詩。一如最不可能但是竟然變成可能了的神喻的對詩的祝福的神祕發生。

---

[3] 小說家。藝術家。策展人。實踐大學建築設計系前系主任、現專任副教授。美國紐約MOMA/PS1駐館藝術家，台北駐耶路撒冷、加拿大交換藝術家，台北文學獎「文學年金」創作獎，藝術、設計作品曾赴多國參加展覽，出版《寶島大旅社》《壞迷宮》《阿賢》《軟建築》《殘念》《老天使俱樂部》《壞設計達人》《時髦讀書機器》《無深度旅遊指南》《明信片旅行主義》等書。

謬愛

【自序】

驚瞥「謬愛」15年詩路的我

猶似，收錄於個人歷來的發表記錄裡，寫道：「因遺忘多
於記起…」

有太多「忘記」

已不知不覺走過記憶疼楚

皆因「詩」的際遇種種，而微悟、漸進體會讀寫時間之書
的癒療中

其實

＿＿骨子裡坑坑疤疤的老實冰，得說

並沒真忘了出生以來

每一道：愛的光譜暖澤，與被愛的鞭痕滋味…

只是，此生所有撈月過奈何橋

腸飲過春光短的詩心

有太多「感恩」已不知不覺合體憂歡哀榮

結晶為《謬愛》的，牠和祂；

沿地圖綻放詩路水岸邊的十五歲：喃喃光圈起∞致意——

無數善好人的S

　　　　　冰夕　2015年3月27日於台北・新店／碧潭

輯一　謬愛・神韻

輯二　奇崛的變數

輯三　孤雛集

輯四　　**鱷眼‧短劇**

目次 ■CONTENTS

輯一

謬愛・神韻

共賞琉璃河上圖。燃亮春雨幾句寒暄
　　　不牽手

　　想說的話＿＿＿　全感冒了

冰夕 Mar10 2014，炙燒後・琉璃水燈節

訣愛（組詩三首）

▼序

沿著雨滴的回聲愛從詩中走來永無結尾的鬼故事

▼掘

再深點就抵達子宮了
裡面懷有祝英台的蛹

▼跋

握緊手術刀哀傷的反光
接受與否
都得狠心完成刺往瞳孔！絕無差池

Dec3 2010

怎麼？

漏電的銀河佔用眼睛
欄影從高樓延伸　暗無盡頭的墨色
摟住女人

煙薰黃書架　坦白且寂寥
溜走指腹
一把拆信刀　兩尾交頸的魚　幾兩雞血藤

密實瘦瘦的裝飾音
裹起秋日
染紅人世欲言又止的七夕　唇語

順勢水月溝渠中含恨蟻孔的目光
摔出腦海
朵朵乾燥花　啞鈴似
　　　　　拍　　肩

Aug12 2013

謬愛

像防護罩服貼背部
輪迴是驚駭
思緒穿越時空
抵達草坪般胸懷
不知羞怯窩藏
渴慕眸光

焰火似金閣寺穹蒼
警笛挾記憶而往

故事轉過身
來
牡丹花瓣瓣萌放眼瞳

當年的細雪
燒酒、小碎花步與歌謠
已是博物館
春天的票口

老靈魂走過灰燼

再見時

忘川　南北奔

從一灘血紅色歷史現場

愛

抱我逃出火海

May21 2010

炙燒後‧琉璃水燈節

那天之後，眼裡世界
微辣而發燙

窗戶，隨季節
長滿了水草
再沒有人僥倖打開門。抵住洪流

舌苔日日抹淨味覺；
路。是苦苦的動詞響徹鐵軌兩端
痛覺被閃電
削去了半壁江山的疼感

直到元宵那天，浴火水燈
重返故里
共賞一幅琉璃河上圖。燃亮春雨幾句寒暄
不牽手

想說的話＿＿＿　全感冒了

Mar10 2014

蛭愛

奇數帶來黯殤、孤獨。而偶數的歡悅
不過是，以愛命名的雙面刃，結合了
蠱之誘餌。

　　　　　　　　　　　　　　——冰夕

就要斷了，氣。恢弘人類頌揚的信、望、愛
比顯微鏡
更具體傳出疫情：高燒、繁殖病毒的賦別曲

奇數帶來黯殤、孤獨。而偶數即誘餌無邊
撒旦的背影
狂傲偷心賊牠
致意法式蛇吻
晶片；移植淨美的瞬息
流流流
　　　流光後來的餘生

風　聲一但走漏狂熱幸福

理性比刮鬍刀片

比修眉刀還冷絕

獨飲人魚淚

濕婆不復黎明輪迴的破曉時刻

活像日日清醒

從地獄竄逃人肉販子的

奴役

時間的冷腸外露，沿相框滴淌紅雨

Dec3 2010

○○晨鳥箋

不巧。你回頭時
夢已搬空
咳聲我帶走

黎明，剛梳洗過煞車痕
狼藉苦艾酒的
城邦窗景

恰恰從門縫
遞出錫金色：歲月靜好

　　　××小桃紅

May22 2013

變

在是非之外／有一座花園
我在那裡等你

——魯米‧波斯詩人

無法遏阻。幸運的
開始像魔咒
與不幸的時間；等同，或更漫長……

萎化的器官；乏力拉近空巢真相
指認假牙含糊錦瑟
獨吞醒世。空污的氣流；白髮湍急

吸進肺葉的煙幕彈
曾為幻象際遇護航傳奇
無私展示港灣
象徵：自由旋律的神蹟

燈塔般眼神，儡影火花的手勢百廢

荒塚地圖的日晷

彈指異夢 ＿＿多易碎？咳出魚骨

幸與不幸

等同。一句詩，迸裂出獵艷發音

修飾愛

不停突變 （多日常的破音字

Oct15 2014

颱風天的你我

皺成　梅雨一樣濕透

強忍淚的地圖

任無常攄掠許願幣　溢出水窪倒影

人潮速食條碼撞見神似

捷運車窗外的枯葉蝶　分兩半

傷寒支脈流往你

我歧義的來途上

「e　靜悄切換了生命線的

　底牌」

一網撈起　詩漉漉腕錶

滴答

心　鏽了

雨　也靜止

傘的輪廓　停在　風不語的十字路口

那一前
一後　離開教堂的　遺願

能否抗憂鬱
無畏一輩子颱風眼的惶惑

讓慈悲
浸透彼此？

Jan17 2015

將軍令在雨中

親愛的我到過那些地方
熱情海的圍抱、魚輕啄
腳踝呵癢著笑

賞味花期遠遠墜落　後照鏡
光掠過整排濕透向晚的路肩

幻覺被雨刷
刮了又刮
若撫觸崩坍的狀景純粹是夢

那水窪的倒影
能否放行一枚晴空的郵戳

Apr15 2010

醒時咽喉炎

聲音像野狼125機車ㄅㄨ ㄊㄨ～分叉
解構時間。拋錨的老零件，喉管失火

飛白藥粉狀的胡椒味天空
灑一地破落水餃
露餡；舒潔面紙的每一抽都來自詩想的
咳
彈指肝膽，刷印正氣歌 ＿＿＿縱明知

日光易碎！貧血著玫瑰色幻覺的意識流
仍磨合水母漂的肺葉
奮力踩疼
　　　妳囚徒菌體此身的油門

筆直迎往狗臉歲月的
雨水節序途中 ＿＿＿駛向，但丁的祈禱

宛若落葉，親吻妳結合了銀髮族的掌紋

一　瓣　瓣　揭　曉

孕育符號學的密碼

超光速般灆澤；愛、光芒了流星。許願

Feb28 2014

後來

逃亡的情節成為餘生踮起腳尖的電纜上
迎風寒鴉的吶喊成為日常喉結
紙片穿上妳單薄身軀
裹滿墨漬的淚
有星辰晾乾
而閃電帶走了
最曼妙的吻是一首首詩伴裝
愛情短片裡
迷醉的眼；無邊泅泳月光下

相信與否、事實與否全是魔術？或騙術
死而復生的臉
奏文即皺紋先後鏤刻出春日小徑的我們
於冷酷秒針上
嚥下蠶繭

不停織夢，與妥協拔河
懷抱一枚和氏璧的瞭望

一半是遠天的妳
一半是地雷的我
交互暴跳窗景的槍響未止

淌　朵朵浮夢
三態的雲雨水輪迴蒸發陽光下
祈禱的那雙手

漫長的背影
迂迴鐘面
猜測是眼尾餘光。交錯火花
卻忘了
怎麼各自歸還同心圓的起點

Dec24 2010

無標記日誌（組詩兩首）

1

孤獨分泌油漆未乾的汁液

道路磨擦蛇腹

蛛網抽長魚尾紋

窗格

窺

　　奔往驛站人潮的唯一曙光

2

核爆的初識？

誇飾忠貞

狂放善意的金屬節奏如浪

淘空，記憶石礁

花開的風暴

終於哭出海嘯

彈性疲乏的腰骨
喫盡冷盤

跳樓大拍賣的曲線
蒼老畢露。挫傷，香爐前
筆直雙膝的日光

削毀自尊，滾沸的
面容
控訴深秋
高亢刪節號的碎步
                    恨晚
            恨晚
        恨晚

來春
無。絕。期

Sep13 2010

滄海

最後只留一柄匕首
藏繫水蛇腰間

衣衫被大寒暑雨刮過
像雷擊
刺青嬰孩肌膚般迴路
拔不掉
文明野獸的載體晶片

動作是3D非常刻意
柔焦過
刻意壓低怒火肢體
包括夜行時
讀取唇語術

冷魅且機警
伏似母豹刺客身形

唰地！錯覺是和服
取走首級

時間最後也傷痕汨汨
合抱掌紋
匕首；散逸血罌粟氣息

濃郁再分不清男女或老少
遺留一窗窗
火葬場
　　　飄　滿　了　迦　葉

April1 2011

霪雨 # 別戀

霪雨交談著人們聽不懂的冥界話語

似哀歌與嗎啡交媾痛楚
幻覺中撐開天空
既疼又愛的閃電　貫穿咽喉

記憶的甬道裸露枯葉紛歧
錯界，無頭的倆人　摟抱冷煙
水火中

淒冷的你的煙圈吐出我
別戀
穿越蔭谷
寒風的使者

遊走我
無以撫觸月下
你風霜般呼吸

別戀

飲下毒酒，來，來我懷裡

輕輕一起浪流

天涯孤魂

將背影

留予陸地訛傳的審判

共赴鳶飛魚躍的汪洋之母

Sep1 2010

牠穴居的深藍處方箋

信嗎？

彼此：「一直存在飢渴的唇語」我說

「幾乎沒停過野火
　　被空氣疼愛的焦味；髮膚灼似曇華，吻著刎」雪人說

「情字威力足以令天使讓撒旦進駐苦難，受孕？」我猜

「萃取玫瑰帶刺香氣，在哀榮枯萎前
　　將地球般千瘡顱骨
　　還予寒武紀的倆隻長毛象」慈悲背影祂吟唱出無常

「夢降臨現實，而不被認同鑄造藝術價值觀分歧之際
　　有人讓出夢的禮物給女人。卻錯送了月光杯，打翻
　　一屋子中年冷冬。

　　苦牛和地獄皆住同一層黑土。包括遺憾
　　歸返真相！恨記憶，無法冷酷如蛇
　　笑淚化為一紙荒謬狼嚎」　眾人爭相圍獵猜牠是誰

現場：「滾落一地被褥、鴿環，和半瓶燒刀子談起逃亡」

候車站：「……」充滿豪雨催促。奏響蛇笛

沿途今生；字跡空白處。飄滿了迦葉

註：燒刀子*燒酒的俗稱

Aug11 2010

縮時攝影

蜷縮角落。目光散渙的檯燈
映射出屋內搖晃的
蠟淚　（滑落老風琴般往事

觀禮教堂紅毯走往似曾
發音綠葉的起點

讚聖頌。互換小夜曲
響徹天堂香檳色泡沫
逼近海誓
峭崖上的
　　　　　燕尾服與小雲雀
終究
裸鑽之心，互磨多年後
久違的囍宴中。偶遇

聽診
隔世的捧花；針孔

靜　悄　悄　攝　影　了
　　　寫實的焦味
　　　　　飄　散　親友桌

瞬間蒸發！成為各自的
莫逆之交

搗住，黑傘上的。哀傷　　／
　　　　　　／
妳從窗口俯瞰破
碎的街道
　　　　　沉默遂攫出利爪；撲向失夢者
　／
遮雨棚。排排坐的／／秒　針　無聲墜地
　　　　　　　　　　／／

May12 2014

往後，還能拍出多少晴空？

刮刮樂。都許過願了吧？
恩情要分幾份？
還給昨日那些墓園般親情、戀人
不再自燃的焦味？

槍決了寡情。黎明，又從鏡中
站直影子
多像反骨槍靶，野火湧向準心
等待奇蹟奧援？

終年酗咖啡不加糖的口感
日子撫摸十字架的視線；淌流出中年
液體眼神裡的
　　　　　　珍珠，環掛季節鎖骨上

短短半年，搬家五次的彼此竟演活了
浮萍

感謝！夢總在抱一罈骨灰灑往天空後

疾駛愛憎的方向盤
不再標靶，撞飛出安全島的你、我

Sep15 2012

燃燒晨歌的背影

自木雕紋路走向
辭海第七天的霧中翻閱彼此氣音

鴿聲，從教堂尖銳的十字架劃開
鬱塞天空的肺腔卻無法吶喊出眼神裡交響自由
願願願
　　　　願為錫金色風箏般獨舞

依稀木然的戶籍沿
送報人蹲坐街邊，與光中塵埃合唱、齊飛

能否給回憶一雙翅膀！＿＿＿在故事說完前

留予生命樂章揭開你我仍熱愛
翱翔曙色
焰火流線的，肯定句

Jun16 2013

香甜酒

謙虛著故事的配角
曾是天使之吻
最曼妙火花的元素融化舌尖
未敢吐露愛的腹語

鎂光燈下
幾乎有那麼一刻挽留住
多不理智的唇印
寫下結局

空杯裡的目光
經常是
再退一步天涯
就要墜馬

Apr7 2007

目盲的碎片或琉璃光？

綠光。臨窗時；祂竟不知有愚痴

寧擇親吻死神？ ＿＿而謙讓了，愛與未來……

——冰夕

誰的妍麗聖殿

與伯仁煉獄

全數肢解斷掌裡？

燐燐夜蛾的黑紗面

多像莎樂美

蜥蜴似淚眼……崩散鬼斧前

猶見。拒斥冰火

卻揉合夢寐中女人香

泅泳魚尾紋裡！流亡

雷擊似九節鞭，空襲鐘擺

鑼鼓重低音的編年史

從牠頑強趾爪
掘出冷僻考古學的駭人齒模

腹語、裝飾音或曲線嫋娜的
鵝毛筆　　　（哪樣符合人性多些？

倨傲獨數的驕矜、放閃老饕的炫耀文
貪婪欲念的意識流
哪樁沒翻拍七罪之一？

恨紅酒無法斟出膽汁
償還苦頭；恨餘生，坐困凋萎
遍數了絕望！

＿＿恨海誓
每逢情詩告白，必遭好人卡。掀出衰神底牌

Mar3 2015

塔

習慣了獨語。不垂髮
不涉世
汪洋似護城河的紙船
目送春光短

弦斷了；
滿腔空洞的她拿肋骨
換半兩詩、一勺夢。擦拭鏽懷錶

收納碎瓦聲的黑楠木盒
長方形
恰似冬風未歇白楊
　　　　　── 招手

落、落、落！　磚紅色的，泥
砌詩
　　直　逼　峭　崖

Feb3 2015

想像收起雨傘的我們

獨白是你;雨是我

飄走的信箋

是窗口候鳥銜走凋謝又一日。天涯

潦落音符是末日地圖上流浪的行腳

打翻是屋內

空蕩記憶的碎酒瓶

炸開是胸口的燈管

管不住鎢絲

擁抱浴室裡狼嚎的淚腺

寂靜。最後總是搖

晃～

　　　燈下的守候。捧花消逝　／／

工整的睡袍

定時出沒床沿

還有兩雙

隱形拖鞋　　（---像每晚星辰，途經夢中---）

／／　那濕透

　　又重建傘骨的老皮囊

　　仍倉皇追出門口　毫無芳蹤的　指針去向　／／

Jan30 2011

安娜、Ⅱ

回眸四十七階的泛黃花瓣。女人
視野的天空有雨
有髮梳、淌流過禁果。滴答時間的忍者

墨色星芒，刺入想像風帆
欲望求知的空木盒刻出鏽痕氣味的脊骨

釘入一冊，折枝孤翼的曾經；她
正翻閱未知

頁碼，記敘流亡；持續叛逃的芳蹤
溢出汪洋輪廓
花海的詩體，握不住薄紙風向

無數下一秒。沸騰惡意的諧劇
圍堵火場訕笑
燒出什麼？　一縷希望；抑或揭示夢想者的瘡疤

逃生梯。順勢承接了淚光；搖籃曲亦在喪歌途中
茁壯

Oct5 2013

野鷗頌

當時間的皮囊從沙鷗眼中流露對望的底片燃燒肺葉走位的劇本
如火舌灼傷安娜面具後，如冷雪赤足曠野裡的目光。記得愛曾
低喃自語，天真與無知是畫外佇足讚嘆的掌聲。但是往往沒說
話只留下背影的沙鷗牠翱飛的航線似流星點亮了每一幕人們沉
靜時的思慕，擁著影子在單人床上協奏銀月光的巴哈，同時遇
見太陽與月亮的指環，扣住無名指，藏不住目光中的戒痕揉搓
出字字珍珠般閃爍夜晚女神歌詠生命的樂章，從海底古城飛抵
天線銀河系的小耳朵、從落花化為腳下芳草的春泥，而偌大的
宇宙竟是手心一紙薄脆小令的鳥囀，有人看見、有人傾盡畢生
擦拭雨中的神燈。

Apr16 2010

輯二

奇崛的變數

天真的鳥
停在日夜開花的頭上
繼續唱
陌生人的故事

冰夕Jun25 2010，藍窗

童殤

從浴缸起身撞見鏡中蒸發人形
才發現童年是場擦洗不淨的霧
濕了畢生

花掉的新娘妝

Nov27 2012

藍窗

為什麼人

可以把腐爛的祕密

根深泥樹下

年輪無限放大

從鏡中刮去

被愛撫過的下巴如

落葉的鬍渣

流水沖盡

體液的死訊

流進漩窩

多平易、簡化日常

身體的通道筆直殞沒星辰盡頭

天真的鳥

停在日夜開花的頭上

繼續唱

陌生人的故事

最後旁白說鳥人忘情
愛
　從傷口
　躍下

當時只想找僻靜樹梢
枯木也好過
石雕
　從血泊上空
反復轟炸罪衍
無邊迴帶深藍＋赭紅＋墨黑＋赤兔馬奔洪流的幾世
＝償清＋藉詩還魂曲？　你、妳、祢說是神

然而浪潮來時
耳語從沒說明
白晝本質

Jun25 2010

白晝本質

你聽見暴風雪轉向
烏雲抽噎、鎮魂曲伸手
撫觸每朵啜泣的敗蕾

信奉與否
甚至鼓動遊行的苦太陽
猩猩們嘗試直立
從嬰兒房
刻出茁壯晴日般身高
以及憤恨野火鏡前
企圖否定影子掏空現場

姓氏炎黃，逼仄拾荒老婦
歷經谷底後
才認清浮世泡沫；淋漓草香氣息
悲憫從腐泥長出圍欄外，一排排
流浪漢，流出時間口水的長椅上

莫名乍現
曇華瞬刻的白麵包

形體本質；同為滄海旅人
能否還出雪地夕照
夜泊寒山兩隻烏鴉的背影

以墨厮守白晝敞開太初以後
迎接苦悶本質的
純粹。從雨中走來意外雷擊的樹下

又豈敲響遺忘輓鐘
溶入羊水而遺忘面具的我們
無盡輪迴筆刀
紋身穿越
未命名的腕錶

Jun25 2010

紅

你說不介入怕疫情蔓延更怕冰雕融化後的火山
硝煙用孤獨腸洗月亮
剝漆雙囍河岸兩側
童少走過壯年峽灣又添一朵刺眼晨光輪番甦醒

無人能辨識故人歸巢否
皆非一卷春秋讀音含下去聲
淹沒舌苔潮來潮往
野鷗航向憂歡
輾轉背信的天空

粉色臉蛋的摺扇與蒼白骨骸的簪如雨季般仰望
從石室發出深喉鉛字的蛆蟲爬
秤一縷青煙詩
思

青春的岩縫有水
滑落記憶顴骨

若泥中沒你

揮別雙簧

孤城伸向無垠謝辭萬幻荒漠星圖的時刻浮現人約黃昏後

懸滿染缸新出街巷飄飄何所欲

飄飄何所從的丰姿祈舞八佾　竅出七孔　雀羽的髮白的

天。。。。。。。。。。。。。。。。。。。。。。。。。窗

Jun25 2010

魑魅

在醫院撞見一孤單老人準備反手穿上外套
從老人身後看來非常吃力
於是有股衝動想上前幫老人穿上外套

女人腦海瞬息浮現父親杵著拐杖的背影
一把推開
彷抗議仍是當年強壯的父親

說時遲，那時快...扶住父親的手融成蛆
連帶女人的尖叫聲、臉、內臟
來不及抽身的雙腳
全攤落潔白地磚上⋯⋯整團蛆。

Dec31 2010

聲音

依照聽覺上的研判
應該是男聲
但怎麼不是粗糙滄桑的聲調

那聲音出沒
洗碗時的妳
更衣的妳，毫無準備的妳。
僅能確定
在夢中非常安靜

掉落夢外的妳
懷疑是造愛或幻聽
如初生嬰兒親暱
叫喚著
搔癢小心肝

不時從身後
從雨中、陽光中突襲妳

擊潰妳好想擁抱
那聲音
廝守一輩子像女媧補天

不停想著聲音的來源
他何時重疊了
女人，每一回嬌笑和

歎息？

Aug2 2010

速寫：斷弦眼神

想念雪靴上的問候
低溫。卻自在胸口柔軟的信服

偶也俏皮騰空平衡桿上
曼妙伸展
翻滾出各自輕盈倒立的丰采
淡淡訴說
人世陌生的寒流

絕美距離感，總在冰霜
融化城牆後
引來雪崩事件

陷落！定律了獨鍾情詩的肝膽
不自覺發冷
捲入哀涼，落寞不安的逗號
必經暗潮搖撼
玉碎體內

沉浮。同艘破冰船上
夾板著傷神眸光，遠眺純粹。曾青睞過

Nov30 2013

逝

不免傷懷。簷滴

擦撞千帆過境

唯濕漉收容半百哀樂

詮釋低音她

配角霧中每一所驛站⋯⋯

多像經典文藝片尾

口述旁白的局外人

那是一種。懂

　　　成全念珠色的

　　　憑／

　　　／弔

暴雨中走獸

　　閃電不停曝光

　　　　不停愛憎雙亡

May4 2012

來！乾一杯中元

手勢輕盈拍拍。無意
降落在
就著邊邊
剩餘三分之一的板凳上

示意：「坐下來吧～」

沒影子。你們說著話
路人見女人獨自囈語
比遇到衰神還快閃的，人間？

終於笑了。鬼樣聲波
抖著～　心

孤單單，隔秒往事；敲！乾了
淚

Aug31 2012

水舞起時

給誰

夕舞起時
波光漾
　　　咒語無解
　　減字無邊
　　耽耽人海
　深無垠

　　泡
　　　　泡
　　旋
　　　轉

　　時

　　愛擁吻
寂靜水母漂的天花板

Apr28 2010

華夜牠文謅謅的況寂

你跳Tone的很淒美
她滑落浪潮的裙擺很疊花
笑從葉隙
走失允諾

季節是穿牆風
火柴撞出空氣槍腫脹焦味
多蝕骨遺夢
魂不附體的螢火蟲

燃燒霰彈
充血的欲望

May22 2012

懸身

充斥反骨的靜脈
被套上金縷衣
鎖片以瘦金體定桿鬱紫色大寫T字
天葬
　　餵以食屍鳥牠驕傲的翱翔似春日小令
　　餵以鷹啄不尋常的日常挑筋現實錯置

誰的藍窗　入土為安
誰的夢蝶藉詩還魂

懸身。汩流紅墨
經緯出天河的婀娜思維　淡謐　宛若臥佛

May26 2012

魃情詩。在河之洲

目送水燈兩盞
燭光是季節沿途　心是浪濤拍岸

走一步　退十格欄影
直逼圍城
漲潮疑雲催折花魂的將軍令

前有禱文搆不著救贖垂憐
後有斬不斷記憶鬼火的追兵

冷箭　射中心跳時
紅唇還來不及　聽見那個字

蒼白已淌滿青絲　溢出酸楚
嚥下水燈兩盞

OS：自從不安，鑲進鑽面靈魂楔子

　　忘我共舞的後來

　　終於每首情詩皆沿河洲！嗤地

　　從眼瞳

　　長出刺

Dec10 2013

遇，蘭若寺‧詩妖

連欺騙都老了。瞞不住哀傷

燙傷春妝

被時間的佛袖一捲

什麼人形、誓約全空了骨

易容術，綻開遍體記憶皺痕失措

失速七世鬼草針

看。無知小水獸　　（難分哭笑冷暖

誰吞盡

驚心之愛？　　　　（再分不出你我

被愛口口聲聲監禁畫皮裡暴衝？

僅存幾縷苦修氣息

旋墨竹而上

立言寺前。待來者提燈、吟誦霎時

梵音翩飛

夢
甦醒了琉璃眼

活出妍異灔澤
羊毫春汛與陽剛暖火
合
放
螺旋體。琴韻，婀娜蓮華般若

Feb22 2015

聞嗅冷棺的飢餓

埋下九歲童貞。當她們把玩妳自由野馬似鑰匙圈
以為是萬能鎖
開啟民主搖籃曲的家門、開啟梳妝檯展示雀羽的歌聲

藥味從天真嬰孩的軀體滲入
水銀一開始就同化了肝膽
童話般簧舌
猶奉行羊皮卷穿上，演出早熟卻貧血親情的內碼
外加烙鐵五千年的衛道論

律法裡的毛毛蟲任歲月餵食記憶加重失速的碼錶
仍試圖綻放新蝶夙願
自垃圾山翻找出無數失夢者攀頂粗繭的掌紋

＿＿＿自溫熱呼吸摟起光年曙色一縷縷漣漪效應
　　從失溫懷抱的
　　倒影
　　長出莫內睡蓮池朵朵峰迴暖澤的書香氣息

不停掘出噩耗交替夢寐生離塋塚前
銳角的鋤頭
都抉擇了些什麼：

　　　　　　時間眼中的新蛆，或念珠？

「妝前葬儀師，她問⋯⋯」

Jul18 2013

鎮魂曲・與病變共舞

不公允的是看不見舞伴
隨時翻臉
撒手、將生命甩出懸崖的巨大陰影

節奏即皮鼓！搥擊日常
逃不開的血色
被絕望追蹤，咳出無常

隱身城市。雙人舞般獨角戲
謙遜調教沮喪
倒退；甚至稱職走位，透明的信任

明知時間競技場無情
也得優雅鬥牛士意志
踢噠噠，角力病變猛獸
閃開忐忑憂容

混淆妳千萬蒼髮的賦格
卻生不出一絲前景藍圖

莫怪淚水攔截了波濤無言的
最後一封信

當所有恩愛遺願
難掩化療中的禿羽
曾也鳴放過黃鶯般春日小令

＿＿＿被刪除了肯定句的良夜
僅能佯裝
沉悶整棟候診室的勇氣
等醫生說「Safe，又次安全降落」

並奢求下一首詩
狠命睜眼。吸氣，走出活口

Nov3 2013

臨淵者

揣測著哪個才是真我的你或妳即使有姓名卻雌雄莫辨截至
重新倒帶自問有多久沒貪婪永別似：巡梭字陣間嗜讀求知如荒
原狼，恍若龐碩迷宮異星體炸開腦迴路迸裂張張精美手工雕鑿
似萬蛇挑引慾望焚心的莎樂美撫以猛獸似曾相識的迷香氣息沿
毛細孔彈奏身軀。奴役起記憶

嘻嘻　毫不留情窺伺忍者如何
交戰亢奮水舌與淚腺的臨界點

冰封季節的事實形成衣不蔽體的痂，原以為願望皆屬暖熱
春汛。當爬過昨日身軀的墳塚才發現碑文又多了幾行瘦金體，
斑駁如昔像握緊拳頭無法瞑目的頑石！覆滿青苔蛇皮；楚河、
漢界，都乾枯了，老去億萬無名小卒的細胞分裂於思念清醒
瞬刻

卻綻放出倔強眼中流露一股玄異琉璃光芒，於斷橋前不停
詰問思索如何橫渡惡水？

：若陸地的四腳獸也能展翅雄性古羅馬競技場上空

　會否灑落玫瑰般赤忱鮮血的和平歌聲

　盛開失夢者，揮別喪禮的最終曲？

　終於拼湊出千萬碎片的身世，並回想起摯愛具有羊水的體

　溫、魔鬼般簧舌千術、混合蛇蠍的仇恨蜥蜴的熱淚，熬煮

　彼此肋骨淌流出現實框架裡的肺言

　不容攀附偉人、神祇、天使！亦無榮耀可訴說襤褸歷程的

託寓；皆來自雨中平凡又畏光蟻孔的眼舔噬我欲望無窮的黑洞

　痴守著下個故事的出口，兜售天堂、編造愛？

Apr15 2012

三讀：趕羚羊

此刻不宜興奮

不宜哀傷

病體時有所聞金屬

探照內臟

洞入（靠邊走！趕羚羊

全坑眼）疼

凹入回鍋肉（十八啦！少年A

說）她毒愛三字經

狗日的（詩化

屍水）猜（拆

一截截爆走族的

大度路）速度刀起

如麻的春天（喵

叫花子）噓聲出沒

咻如蛇

截腸

去短的六月她問

荷花荷花幾月開（黃河浸滿

泥沙的

口腔）贛

州機場絞進渦輪器的羊

毛（綁架不信邪的教化

凌遲

回聲不斷操

兵）疾疾如律令（硬把牛頭塞

進老梗）噎爆腦視

丘（草長

黃曆的

指南針

頂真三分像鬼

頂真七分靠北的指南針）戳記冷

Jun21 2010

觀詩之「象」

從閱讀《杜英諾悲歌》開始
地殼靜悄綻裂夢兆中
炭筆遂成為真實生活裡走索的線條
風箏沿經茉莉花香旋開瓶中信的魔幻時光
結果卻在廟宇前供奉餘生
　：雛菊的景深、
　　一簇蒲公英翅膀、兩瓶陳年龍舌蘭
　　皺紋就這麼浮雕深甕臉上。

記得有很長一段歲月像噩夢
卻清醒異常
警覺著閱讀生命線的痛楚，恍以為業障就此蒸發世上

但愛從不止歇的包圍
追獵記憶
持續探險途中荒涼又冷僻的邊陲
縱使訊息不在、密語無故消失

消失了青春掏出槍的衝動，喊要對準誰
的勇氣？

月彎，想到此也不禁垂首苦悶嘴角；
憐惜的目光撫摸地球
似陀螺斑痕頭顱癒合後的縫線

多不真實的甦醒！是黎明前的獨家劇院
反芻此生連串意外
緣起聚散的病厄
接踵絕食抗議的廣場
經歷蒼生、是非昨日的消長，與覺醒＿＿＿

然而靈魂不過是從自嘲中裂變
結合出培養皿裡的「人文切片」
宛若又一苦僧無名氏赤足海市蜃樓的荒漠
不竭地供奉過客一袋袋羊皮的善上若水

Mar10 2012

輯三

孤雛集

一把美工刀，訴說童年；陰影和
剛烈輪廓記事＿＿＿糊滿了剎車聲

冰夕 Nov8 2014，我

數字

親情。是日夜不停整除搖籃曲
搖落嗩吶山路上
與鶴髮齊眉，遙望甜月亮的眼凹

苦笑。是超齡百年孤寂的背影
發呆全家超商前
看煙火奔放年節家鄉味；驀然嚥下
清　冷　銀　河

不慎墜海中秋滂沱的想念
恨不能飛
飛出每封紙鶴
都淋溼了，雙手
吉光片羽的兒歌；多像蜂鳥

＿＿拍肩。總在真相回神時
迎面撞碎
陌途的：『謝　謝　光　臨！』

落　滿　塵　埃

櫥　窗　中　的　。　零　頭

Jan12 2015

遺址（組詩四首）

上帝不但擲骰子，還會把骰子擲到看不見的地方

——史蒂芬‧霍金

1、遺址

縱使潔皙鱗身
貌似清教徒
但每回發音皆槍聲

充斥抱負的諫言
屈原也罷不如一席
阿諛牛糞上的蛆蛆
饞食寒骨

驅蟲？畫皮似燈籠
暈轉粉紅色時間的火球
不停旋放罌粟
足以溺死汨羅江畔

所有廉價的誓約
以及狗不理的情義

灼傷的臉
融化風中的妳問
香灰是愛或金箔？

虔誠每一柱
老朽夙願
反覆擦拭無聲的淚

矯正無言的眼
韶光與春夢
和金樽，同等無情

Dec10 2011

2、嘔吐袋

裝進暈眩出發前的聲音從高空墜落胃酸的谷底
從童顏的乖乖出發前往湯姆歷險記萬里尋母的
小甜甜還有海王子乘坐無敵鐵金剛的左右肩上

探險人性幽黯海岸線崎嶇又善變的十八王公有
忠犬護航子夜深黑色的羽翼徐緩降落彼此眼中
＿＿剎那即永恆。忘了前世哪朵梅籤叮嚀過心
　一片片從記憶天河灑落銳角拼圖
　｜時間｜多像暗器｜中毒的影像
　｜｜｜｜｜｜｜｜｜｜｜｜｜｜
自身後射穿雙膝射穿胸膛卻留下植物人的呼吸

Dec10 2011

3、警戒線

封鎖道路，從最陌生的路人、好人開始。惡形地的老女人

星形咒語於雪白的線外、線上佈滿時間火藥燒成一座鐵塔

鐵塔內只有天窗，通紅焦炭的軀體、心臟仍噗通地牛聲響

每搏動一次地殼即下陷陸地一丈深的屋宇沿出生到上一秒

所有結繩記事如麻交織顏面時而暴露青筋的放映機於深海

漫無黑暗中的流水浸漬肝膽承諾過的銅鏡映射出魚骨髮簪

長滿青苔輪迴的冷石洞眼，透明的熱熔液不停自地心竄出

橫流模糊的生前狀景，交錯腦視丘的痛覺灼傷淚水的焦味

汨汨自雨中走來。窗前，飄蕩祈福籤又似風箏臉孔的返影

Dec9 2011

4、膠捲

於安息香的最後安寧處，會把「迴光」交給誰？
氣息不停變換。
消毒酒精氣味漫溢雪花潔白的棉紙上
沿記憶毛邊綻開血紅色目光不停旋轉

從最純粹恍惚仁愛幼稚園夢中的他伸出左手：
「來！小心慢慢
　走向我，鐵樓梯很窄。別摔落……」

模糊的兩個輪廓、清晰稚嫩的男聲。讓妳懷抱愛

深邃如海眸光,從孤島游往繁華城市

異國孤燈下、清冷機場的上空;盤旋著期望

喀噠噠的轉速越來越慢,像僅存生命的信念

漏光青春容顏,蒼老的記憶槽,

瀝青般疙瘩隆起體內再無法雷射釐清的癌細胞擴散

泥濘雨中的日記行跡,一頁撕去一葉無聲凋零

「給世人」游絲般攀往透明窗玻璃的雨針

　　　仍殷殷招喚小茉莉

　　　早已辭謝根莖的空瓷瓶

Dec9 2011

119

回看。她埋頭燈下的拼貼

菸盒右前方　是砥礪消沉字眼的短箋
輕易隨風吹走
落髮般靜悄改變日常
　　　（縱使線條柔和⋯　主旨情深似雪

5點鐘方向　滾出幾粒胃藥　破曉蒼白
緊摟逃生扶梯
惶惑準時崩坍門內外

晚餐　清冷見底
除了雨不停失溫嚐遍街巷暴洪滋味
敲碎視線

可惜道德太沉重
無法自溺絕望　無法反撲鏡前

亮出　一抹光滑冷香的
流線刺刀
恨恨穿透盜火過彼此　沿鐘擺

抽離共震滲血的縫線

抽空怦然眼中拋物線
墜地的動詞
　　　活　埋　自　欺

Sep21 2014

未竟之緣・冬至

盈缺月亮的字跡。仰望是拼圖
碎片一句句匯集
倒帶童年花苞；放映純真雛形

搓揉麵糰，發願的手是父母同心
畫「圓」孕育銀河懷抱的搖籃曲
比鵲橋短

喫進芝麻餡軟甜的笑
＿＿擦身今昔；流沙、滾刀歲末
提來！異鄉人顴骨上

對看。圓似淚珠
融入髮膚一瓣瓣默哀
棲身寒梅
落款思親的漂泊部首

想念是閃電
炊煙般視線、破體書告絕
信香奔逃
　　＿＿失火的冬至夜

註：信香＊舊時以香為信使，可以把願望傳達給神明，故稱為「信香」。
　　破體書＊行書的變體。

　　　　　　　　　　　　　　　　　Dec21 2014 冬至前夕

想穿上粉紅色夢的人

太忙，被碼表趕入柵欄的苦牛
不復圓形競技場的鬥牛。他想

從孤單出發，目標僅一幅：炊煙似老夫妻背影。

刻意避開黃昏使人愁的時刻
有多年承諾
長成抬頭紋

人子、人夫、人父的角色。男人從小缺少大手掌
沒見過父親的角色如何成功演出？

痛恨哭　...但恨了又愛

老。釐不清重疊遺照中的蒼茫輪廓
是戀人？或自己？

Aug3 2011

鳥瞰欲望國度

長出雪白毛髮的
眉彎、兩鬢、恥骨之間，忘了
誰先複製疏離
原本只是個體，後來成為逆向的偶數

無神能解籤。信用卡的紅單為恨失速
辯駁，後來變薄。變成冷盤的行事例

但直腸子老鬼無法苟同虛詞活成常態
脆弱的靈魂
怕人比鬼還多。老鬼吟著月光迴旋曲
畏懼猜疑比煉獄還螻蟻的寒鴉聲

欲望猶在黃泉路上風箏著未瞑目
喚名：危愛的天書
或醒或睡，與碎？
而雷擊竟偏袒無頭騎士的復活術？

羽毛，曾抽長瀑黑捲髮
又揭自暮鼓竄入骨髓內
失去玫瑰嗅覺的蒼白國度。海海盜走二十年春詞

Sep9 2012

淅、瀝、水、鏡（組詩兩首）

i

映照不出蝴蝶是否如我們
已歷劫過
從喪歌隊伍中，練就忍者，埋下童年殘肢
翻頁新旅的絕學？

能不能
閃躲開自己
坑疤腐皮似鬱疾影子？

還哼著童謠「我的家庭⋯真可愛」

ii

除非用刀，摁住深夜老朽石牆不停滲出
記憶發出霉味、污漬般淚痕
淌流過髮膚的淤紫色

靜脈；＿＿薄冰似霧中顴骨

仍噙著夜露

。

遲遲不肯滑落趴伏棺槨前的許願幣上

Jun27 2013

失樂園

盤踞火車來途上的私語

霞光明明近在眼前

伸手即捉住星月魔法，卻開往深秋

時間的頸動脈

似隆起火山、地圖噴張

空襲子夜罹難的鼠竄聲

撐起蜂巢狀背影

是記憶麻痺的巨大漁網

廉價的勞役和禱語

年復年

卑微的自尊遂成長

逐漸走失了嬰孩

無猜的笑

Jul17 2011

我

看不見夜蛾的輝煌。

除非航向燭焰

——冰夕・致 時間

一把美工刀，訴說童年；陰影和

剛烈輪廓記事＿＿糊滿了剎車聲

遇摺角的女書她，衡量彎腰生活

抵不住深喉中海嘯

交抵汗淚潰堤

浮出，碎沫狀銀河鱗身

過多歎息的春光、冷窗

鴕鳥路線

難以掬捧白髮。苛責誰

遺忘愛？　＿＿喪禮沒停過日常

秒針失火

猝睹意識流，查無「自信」的辭典

覆雪花戒；離枝的鎮魂曲。紙片人

隨風走唱

眼戴墨鏡。尋找同類，未必相認卻領會

＿＿＿消波塊撞擊傷口

意外促成山寺簷下

抽長泥淖中

蓮華；秋收的情節放生鴿羽，振翅暮年

交換果核的驛站。暫借，紅豆詞

游出寒潭上

　　　一泓：韶光般身世，自畫像

Nov8 2014

至親與孤燈

夕殿螢飛思悄然，孤燈挑盡未成眠

──白居易・長恨歌

看誰？　不過相隔一公里的斷
橋下
日日翻遍了傷心孤島。卻打不跑流浪

徘徊教堂、家門外不時轉頭的
狗臉
對夢中瘋長的墓草，狂吠！＿＿＿偶也
對主人雕像嗚咽地
示好

跪成童年河光上的　星　辰　倒　影
落滿了
　　　　高舉拐杖老皺的手
啪嚓！
　　　　水燈濺飛抖音不停發冷的四肢

Jul27 2014 農曆七月初一

清單

忠犬的意義大過獵物。風箏說

我不屬牛。但瘦弱母親是
踏實耕種愛
蜜多過疼楚慢板的點滴。娓娓昇華
夢囈中展開
心電圖此情不渝的尾聲

＿＿＿車行雨中。總看她靜默烏雲似
承受喪禮
出沒候車站的景深

努力逡巡稚笑的遠方？　或梵音？
一次次
失速雨刷上……獨自！迴擊啜泣紮營

湧入日記
橫流人生摸索艱澀難懂的習題＿＿＿

直到重疊寺前
猶不懈轉動內心柔軟念珠的
蓮花。萌芽奇遇，搖籃出慈悲旋律

　　安撫終年離枝身世
　　赦免了腳鍊囚徒的絕望
　　撐起
　　掌紋裡
　　詩般造型。展翅蔚藍

May20 2014

大沉寂

蜜餞。絞動思念眸光的遠方
無盡昇起
隱形寸光中的鐵齒。絞動心臟

難鼇，凋謝與盛開
都閃不掉酸楚，液化的過程
搏擊聚散
輪廓著懺情和告解...

最無瑕的「自言自語」從不是自己
清唱的
而是回憶他清峻嗓音環山空谷而來

最後，也像花
瓣
東南飛——　落成傘骨一縷縷昨日

曾妳，聽見過慈悲；祂沐浴
花開的身體

宛若：哀傷無須醞釀，遂成道路

Jun2 2014 端午‧詩人節

孤

蓮蓬頭，掩飾女人喪服氣息
從雨的曲線
開始
撫摩世界；綺想著幸福容貌

輕鑿眼眶的故事，長成青蛇
落滿閣樓
冷魅夜風中盤結鬼草針的台詞
披瀉穿衣鏡前

脫序候鳥的皺痕，演繹出骨瓷
空洞的
流亡路線
恰恰流經自畫像的昨天 ——

Apr1 2013 愚人節

眼神似火燃燒無知

時間和雨，梳起秀髮的子夜

姓氏身披異鄉國旗

飄飛的裙裾再掩不住思維

慘白

小羊毫似墨跡

如光陰箭矢射穿日常

驚懼鍵盤上

傾杞骨牌的怪手！掘空眼凹

僅留下黑傘、濃霧中的長睫

有人說

多像雪

覆蓋煙頭上日赴日燃燒空洞的眼神

Nov26 2012

輯四

鱷眼・短劇

一種彷彿籠中鳥的聲音　唱著　她就活著

冰夕Apr26 2010，Soul

如何修復破碎的心

回看昨天的屍體

還在。妳用手指戳戳

祂們完全靜止

唯眼瞳似放映機

隨灰燼飄來一曲無法謝幕火光中的妳，竄出蛇影

誰也說不出人話

Jan14 2011

火球

在柴可夫斯基不停咳嗽的弦上
拉筋憂悒
壓彎整顆地球扁扁的聖餅

吹風機

長捲髮還是一樣躁鬱
一個不小心
　　　　詛咒漏電

傻病毒

咳！想往哪走都不衛生

擱筆罷

睏睏先

　　　唯夢裏無害無菌　也不會下雨吧

冷顫

如何　妳再沒眼淚餵養恨？

教堂上的十字　刺穿胸骨懲罰影子生長焰火中　進退皆斷腸

手銬乘時光地雷而來
　　　　　　每步棋子都是腳下含冤的雪花

Jan24 2011

玫瑰木雕人偶

光禿的頭　製成相框　有無限螺紋
木質調的花香
與陽光變形的哭聲雙雙投影

室內捐贈

學會截肢　學會無情裁縫全屍的妳
日夜咀嚼肋骨的思維
有無數器官失走

海洋缺席

於眾多場慶典、喪葬的海邊，你有出席，此生足矣

包括無登記入場

夜風穿上黑袍

沉默後窗的嘆息；人前人後，歷史都光圈了小丑。學習射擊

雨中旋律

哭濕了愛牽手唱歌的風景、花草和樹木

一半黑髮沒收

一半蛇尾　還垂掛蒼白落地窗帷與風捕捉　神隱的天使

焦急牠套不進一只願望的

玻璃鞋

Soul

一種彷彿籠中鳥的聲音

唱著

她就活著

Apr26 2010

灰階口

所有密碼只重複一個數字

　　從何開始妳忘了
　燒不盡黑袍推往終點

Dec3 2010

戲

開始是文藝片跟著喜劇跟著科幻片的懸疑劇腳步跟著悲劇？

諧星彎腰大笑鏡子
逃不了池中倒影的
破折號
　　圈圈漣漪比鋸子還凌遲護城河畔狗臉的歲月

最後一秒的溫度

ㄅ

畢竟是鬼魂

重返人世：看得見、觸不到...再多探詢，比煙還縹緲

ㄆ

抖落的不只冷，還有無法取回燃燒灰燼中的藍焰

看故事像末路黃花

接不回尾聲的

初春小令　　　　　　　新歲　何其乏力而無辜...

Dec28 2010

札記

1

當文字翻攪出記憶逝水
就像無刑鎖鍊絞住十指
痛得吐不出　隻字

2

生：無法回饋愛
　　除了碑文
　　反覆浮刻出陽光下妳的背影

從無抉擇生死瞬刻

2011-01-26

沒有神聽見
星辰如何凋零眼中仰望

原來妳字跡這麼重　抽筆時光之血

豢養殤詩房裡

倒懸窗口日子的乾燥花

連皺痕都消散風中粉末狀形體揉碎淚　刀刀數落愛

2011-01-23

錐

新生秒針綻放雛菊

卻錯縫

　　　日夜眼中的裹屍布　手抱頭顱的身體　要奔往哪去

2011-01-23

安息香

從沒逃出苛責夢中　瘋人院裡兩個病人互砍靈魂的戰役
刻出歷史女牆上
　　　　　無數無名氏的幢影正矗矗尋嗅陽光的隙縫

僅為了讓靈魂　歸位愛祂仁慈眼中　充滿彈孔的遺願

2011-01-24

琴弦擁吻骷髏旋轉唱針上

手裡鈍鏽的針　仍密織汪洋上　為航海日誌穿暖喪衣
時間卻灑滿
　　祈禱後的灰燼　日子好冷　夢好冷　歌聲好荒涼

2011-01-24

曠寂

翻遍書櫃的渴慕　摟不住一縷身影　喚醒失魂輓鐘
滴答震垮
每秒
濕透腳印的天花板；連琴弦也失速磨出火花　刎頸

恰似妳深情無比的暴動

鋸齒強吻時間暴烈電纜上走索夢遊中的睡袍　裸裎血的味道
鏽掉的冰刀
深陷浪漫主義的左手腕

藥、藥、藥

女人常常忘記時間、忘卻紀念日，偶爾快一天、偶爾慢兩天
但是什麼味道、聲音
無盡喀噠響徹四壁的放映機，以豪雨為背景的「故事」
女人也變成道具之一的髮梳...正梳長苦雨的黑白畫映

Jan19 2011

如何

妳回去看〈訣愛〉組詩，祂們猶在

那是什麼…被偷走？

心

　　好痛　　／／／　身體說：歸來吧！靈魂

2011-01-14

修復

原來妳學會了流浪，不知不覺歲月中...花草一天天剝落
雪色天空覆蓋了所有顏彩的甜味
冷雨，是僅有的表情、輪廓和聲音；寫「真」記憶體

2011-01-14

破碎的心

他抱著灰骨哭，妳在天堂看原以為是愛

後來才了解他抱著欲望

哭著不放

　　　　　＿＿＿誰才身處地獄，大家搶著演出

沸騰甕中

翻轉都是苦味弦色與鹹澀的鹽像塵埃緊裹妳灼傷毛孔

每次呼吸

皆一朵黎明瞬間化成鬼屋中的妳，與回聲

捉迷藏。＿＿＿有時不過是燒焦一件件往事鍋爐中的

臉

2011-01-14

酌、昨、灼

誰確定？深夜獨酌的是酒，是咖啡，是孤獨淚水的
她？牠或自己的
血
　　　　　　　　　　　　反鎖門內的吶喊：問

2011-01-14

裹尸布

給我一個動詞的理由，謀殺火圈內的倆人三腳
界限外

_____故事不停輪迴謀殺愛的初衷，靈魂出走。粉嫩的笑
刀尖早刺穿喉嚨。

懸 吊 畫 皮 風 中

2011-01-14

違心論

無色無味的白開水大夥喜歡喝嗎？人人都叫好

唯愛過期後

恨拿黎明攪拌記憶骸骨的白開水，強灌成兩座模具。電網

每秒殺生無數寒鴉啼聲。＿＿＿搖滾樂不停鞭笞屋內鬼打牆

2011-01-14

違心論、Ⅱ

皎美如初的骨瓷？　你確定她沒裂隙沒長出仙人掌刺

滾輪生活中

比剮心還巨疼你眼中始終轉移未來話題的她四季失魂

充滿病態囈語的夢遊著.......................................？

2011-01-14

真諦

是將微笑眼中的模樣

交托給'' 幸福

_____無論昨世今生的初心、無論幸運換成誰

穿起喪衣，並服侍愛與哀愁.........................

2011-01-14

承諾

沒有華袍

唯縷縷茉莉花香包裹狼人哭嚎心跳變奏的四季

如雪地走失的背影

豢養孤獨的無字天書。有雪女相擁夢中對話，雨窗外

2011-01-14

神哪

再輪迴初識可好，難道…非要在最甜美關鍵時刻
釀進：雌蕊、肋骨、膽汁的彼此
削髮雪花
_____祂才肯垂憐
苦難的牠？

2011-01-14

同化

不是故事裡的童話嗎？ 噩夢釘入活生眼中

優雅樂章進駐暗巷內月光廉價的序曲

輾過一隻隻鼠影的

尖叫聲，此起彼落的成人世界。不停交易賭局中的冥紙

2011-01-14

乖！別回答我

若我先走。你還會堅強懷抱雷雨回憶中的我們，走向餘生嗎

2011-01-14

餘生

如何消化狼吞虎嚥的告解奔往黎明

喪鐘搖擺馬車中的妳

抖動蠟炬上的心跳

鑿出風霜臉孔、紫羅蘭唇色　咳出一條絕路　沿途飛散花魂

2011-01-14

瘤

抽疼膽絞痛的剎那，一次次密集如天使允諾妳趨近神
妳多渴望解脫破碎的心

但欲望又揪妳回苦海沸煮。偶爾一滴蜜　施捨給淚
止不住記憶惡化
　　　　　散　佈　蛛　網　的　腦　視　丘

2011-01-14

皮偶

麻痺的捲軸抽拉四肢、抽拉縫線又裂開小丑猙獰的笑
而最可怕是真相背後
時時刻刻
賴帳鬼影的哭腔。從無豁免的皮下組織反覆抽動顫笑

2011-01-15

燎

無法停止自焚的煙

嗆傷肺葉

抽鞭雪白新生秒針播放：情人的眼淚

2011-01-15

寥

還保留著魚骨梳嗎
指紋還溫熱嗎
被你收藏哪？

深海、鬼屋、鏡中、枕下，還是月光寶盒內
與蛛網日夜共眠？

2011-01-15

療

「愛走了？」＿＿從沒人開口過，如何知道？

用餘生夠不夠償債幾世頑石的默認

嫁與淒風刻碑晨昏中

貧血似冰雕的自畫像

2011-01-15

泡沫

手捧詩體的妳要去哪？　躲進哪艘鬼船

避風港從來虛設如漫長的逃生梯

逃生梯口

快燒焦的童童不停吶喊浪尖上曾孕育無數幻影彩虹中的妳

2011-01-15

狗日子

轉瞬又一輛卡車迎面駛來
看見路中央的狗舔食內臟的自己　流出一灘記憶

腥風從來毋庸開口說

2011-01-15

【冰夕‧詩論壇經歷】

2001年1月，開始接觸網路詩，發表刊載。

2002年3月，於台灣發起《我們隱匿的馬戲班》會員制／創作群「網路詩社群」約50位成員。

2004年11月，經營個人的文創部落格《閱夜‧冰小夕》於台灣／新浪網，迄今。

2005年，受邀於中國《詩歌報‧論壇／評論版主》旨在評論詩友們投稿詩論壇之作品。

2007年5月，受邀於《台灣詩學‧吹鼓吹詩論壇／中短分行詩區》之版主，旨在推廣詩學，閱讀並感覆評析詩友們投稿詩論壇之作品。

2008年3月，於北島詩人的《Today‧今天》文學網站，註冊《冰夕》個人之博客，旨在交流兩岸文創之推廣與觀摩、相互學習。

2008年7月，於「中國新浪網」發起《東方詩學》「會員制／創作群」約140位成員。

2010年3月，經營Facebook個人臉書《冰夕》為個人的即興發表創作之場域。

2010年4月，經營Facebook作家專頁之臉書《冰夕小小說》，

旨在介紹中外文學、觀讀影音樂藝術之閱感、賞析中外詩歌之閱讀筆記。

2013年11月，受邀於《Today・今天》文學網站首頁之網版責任編輯，旨在推廣華文作者之「文學創作」。

【冰夕・作品散見】

　　《國語日報》、《文協青年詩人周・參展作品》、《年度詩路2001詩選集》、詩刊社《中國當代詩庫2007卷》、《乾坤詩刊》、《喜菡詩癮選集／創刊號、二號》、《壹詩歌》創刊號、《文學人月報》、《台灣詩學・論壇二號、四號、五號、七號》、《創世紀詩刊》……等，詩選集、報刊、詩社刊載與收錄。

【冰夕‧發表記錄】

因遺忘多於記起，所以此處僅紀錄，首次刊載於詩刊或報刊之作品。

1、〈鄉愁似雪〉首次收錄《文學人月報》2000年十二月刊登。

2、〈露卡！醒醒吧〉首次收錄《詩路2001年度》詩選集刊登。

3、〈一個名叫春天的女子〉首次收錄《國語日報》2002年暨「新銳詩人作品展」刊登。

4、〈晃盪可樂娜的身影〉冰夕手稿首次收錄《壹詩歌》創刊號2003年刊登。

5、〈露卡！醒醒吧〉首次收錄於《乾坤詩刊》2003春季號，暨「文協青年詩人周展」刊登。

6、〈女紅〉散文。首次收錄《西子灣副刊》2005年六月刊出。

7、〈如風起時〉、〈日出‧風城印象〉首次收錄《詩癮》2005年「喜菌文學網」創刊號精選集刊登。

8、〈如果談及誰先走的問題〉首次收錄《台灣詩學‧論壇二號》2006年三月出版刊登。

9、〈台灣冰夕五首作品〉首次收錄中國《國際藝術界》2007年三月，刊登網載。

10、〈冰夕的詩〉首次收錄中國《詩歌報‧月刊》總十九期，
　　2007年六月刊登。

11、〈冰夕作品〉首次收錄中國《詩歌報》首頁「推薦詩人」
　　2007年第二季，刊登網載。

12、〈思及巴哈的遠方〉首次收錄《台灣詩學‧論壇五號》
　　「新世代詩人榜」2007年九月出版刊登。

13、〈穿起李清照的鞋子跳華爾滋〉首次收錄《中國詩庫2007
　　卷》詩刊社，刊登。

14、〈遺失的來途上〉首次收錄「大學校園文學詩獎作品巡迴
　　詩展」暨第二屆國民詩展2008年五月刊登。

15、〈中秋路上〉首次收錄《今天 TODAY〈今天詩選〉》
　　2008年九月刊登網載。

16、〈女身〉、〈赤身〉詩兩首，首次收錄2009年十一月
　　「小草藝術學院11週年慶──與歷史的靈魂對弈活動」
　　刊登。

17、〈時光旁白者──致愚人節〉首次收錄《北美楓》文學期
　　刊，2010年二月號。

18、冰夕的第一本詩集《抖音石》2010年7月秀威出版。

19、〈冰夕‧詩選五首〉首次收錄於《新世紀吹鼓吹──網路
　　世代詩人選》2012年9月爾雅出版。

20、〈淅、瀝、水、鏡／外二首〉首次收錄於《創世紀詩雜
　　誌／第177期》2013年12月冬季號。

21、〈臨淵者〉首次收錄於《野薑花詩集》2014年3月第八期
刊載。

22、〈夢中圍城‧組詩四首〉首次收錄於《大海洋詩刊》2015
年1月第九十期刊載。

吹鼓吹詩人叢書28　PG1422

謬愛
——冰夕詩集

作　　者/冰　夕
主　　編/蘇紹連
責任編輯/陳佳怡
圖文排版/周妤靜
封面設計/王嵩賀

發 行 人/宋政坤
法律顧問/毛國樑　律師
出版發行/秀威資訊科技股份有限公司
　　　　　114台北市內湖區瑞光路76巷65號1樓
　　　　　電話：+886-2-2796-3638　傳真：+886-2-2796-1377
　　　　　http://www.showwe.com.tw
劃撥帳號/19563868　戶名：秀威資訊科技股份有限公司
　　　　　讀者服務信箱：service@showwe.com.tw
展售門市/國家書店（松江門市）
　　　　　104台北市中山區松江路209號1樓
　　　　　電話：+886-2-2518-0207　傳真：+886-2-2518-0778
網路訂購/秀威網路書店：http://www.bodbooks.com.tw
　　　　　國家網路書店：http://www.govbooks.com.tw

2015年12月　BOD一版
定價：230元
版權所有　翻印必究
本書如有缺頁、破損或裝訂錯誤，請寄回更換

國家圖書館出版品預行編目

謬愛：冰夕詩集 / 冰夕著. -- 一版. -- 臺北
市：秀威資訊科技, 2015.12
　　面；　公分. -- (吹鼓吹詩人叢書)
BOD版
ISBN 978-986-326-355-5(平裝)

851.486　　　　　　　　104019468

讀者回函卡

感謝您購買本書，為提升服務品質，請填妥以下資料，將讀者回函卡直接寄回或傳真本公司，收到您的寶貴意見後，我們會收藏記錄及檢討，謝謝！
如您需要了解本公司最新出版書目、購書優惠或企劃活動，歡迎您上網查詢或下載相關資料：http:// www.showwe.com.tw

您購買的書名：＿＿＿＿＿＿＿＿＿＿＿＿＿＿＿＿＿＿＿＿＿

出生日期：＿＿＿＿＿年＿＿＿＿＿月＿＿＿＿＿日

學歷：□高中 (含) 以下　　□大專　　□研究所 (含) 以上

職業：□製造業　□金融業　□資訊業　□軍警　□傳播業　□自由業
　　　□服務業　□公務員　□教職　　□學生　□家管　　□其它＿＿＿

購書地點：□網路書店　□實體書店　□書展　□郵購　□贈閱　□其他

您從何得知本書的消息？

　　□網路書店　　□實體書店　　□網路搜尋　　□電子報　　□書訊　　□雜誌

　　□傳播媒體　　□親友推薦　　□網站推薦　　□部落格　　□其他＿＿＿＿＿

您對本書的評價：(請填代號　1.非常滿意　2.滿意　3.尚可　4.再改進)

　　封面設計＿＿＿　版面編排＿＿＿　內容＿＿＿　文／譯筆＿＿＿　價格＿＿＿

讀完書後您覺得：

　　□很有收穫　□有收穫　□收穫不多　□沒收穫

對我們的建議：＿＿＿＿＿＿＿＿＿＿＿＿＿＿＿＿＿＿＿＿＿

＿＿＿＿＿＿＿＿＿＿＿＿＿＿＿＿＿＿＿＿＿＿＿＿＿＿＿＿＿

＿＿＿＿＿＿＿＿＿＿＿＿＿＿＿＿＿＿＿＿＿＿＿＿＿＿＿＿＿

＿＿＿＿＿＿＿＿＿＿＿＿＿＿＿＿＿＿＿＿＿＿＿＿＿＿＿＿＿

11466
台北市內湖區瑞光路 76 巷 65 號 1 樓
秀威資訊科技股份有限公司　　　收
BOD 數位出版事業部

⋯⋯⋯⋯⋯⋯⋯⋯⋯⋯⋯⋯⋯⋯⋯⋯⋯⋯⋯⋯⋯⋯⋯⋯

（請沿線對折寄回，謝謝！）

姓　　名：＿＿＿＿＿＿＿＿　年齡：＿＿＿＿　性別：□女　□男

郵遞區號：□□□□□

地　　址：＿＿＿＿＿＿＿＿＿＿＿＿＿＿＿＿＿＿＿＿

聯絡電話：(日) ＿＿＿＿＿＿＿＿＿(夜) ＿＿＿＿＿＿＿＿＿

E-mail：＿＿＿＿＿＿＿＿＿＿＿＿＿＿＿＿＿＿＿＿